TIERBUCH

Jenny Dale

Polizeihund Max

und der VERSCHWUNDENE JUNGE

Jenny Dale

Polizeihund Max
und der VERSCHWUNDENE JUNGE

Aus dem Englischen von
Reinhard Schweizer

RAVENSBURGER BUCHVERLAG

Deutsche Erstausgabe
als Ravensburger Taschenbuch
Band 52224
erschienen 2003

Die Originalausgabe erschien 2000
bei Macmillan Children's Books
a division of Macmillan Publishers Limited,
20 New Wharf Road,
London N1 9RR, England

Created by
Working Partners Limited 2000
London W6 0QT

Umschlagillustration: Bernhard Förth

RTB-Reihenkonzeption:
Heinrich Paravicini, Jens Schmidt

Printed in Germany

**Die Schreibweise entspricht den
Regeln der neuen Rechtschreibung.**

5 4 3 2 1 07 06 05 04 03

ISBN 3-473-52224-4

www.ravensburger.de

TIERBUCH

Mit besonderem Dank
an Narinder Dhami

Ein großes Dankeschön für die wertvollen
Hinweise geht auch an die Polizeibeamten
Steve Dean und Peter Whitehead.

In Erinnerung an Metpol Bruno 40,
der zehn Jahre lang als Polizeihund
im Einsatz war.

1

„Das ist super!“, rief der zehnjährige Leon Wilson. Er stand in einem leeren Zimmer und sah sich mit einem breiten Grinsen im Gesicht darin um. Das Zimmer war groß und die Aussicht wirklich umwerfend. Man konnte auf die Hauptstraße des Dorfes blicken und in der Ferne bis zu den Bergen des Peak Districts.

Als Leon sich aus dem Fenster beugte, rasten zwei Jungs auf Mountainbikes vorbei. Einige andere spielten auf der Dorfwiese Fußball. Leons Grinsen wurde noch etwas breiter. Ellandale war so ganz anders als London, wo sie bis jetzt gewohnt hatten. Sicher würde es ihm hier gefallen.

Leon wirbelte herum. Seine Zwillingsschwester Lisa kam ins Zimmer gestürmt, gefolgt von Max, dem Schäferhund der Wilsons.

„Ich will dieses Zimmer haben!“, sagte Leon schnell.

„Heh, das ist aber ungerecht!“, murrte Lisa und wischte sich ihre langen schwarzen Haare aus dem Gesicht. „Mama sagte, das entscheiden wir gemeinsam!“

„Aber ich war als Erster hier!“, sagte Leon zu seiner Zwillingsschwester und schnitt eine Grimasse. „Nicht wahr, Max?“

Max legte seinen Kopf auf die Seite und ließ seine großen schwarzen Augen langsam von Lisa zu Leon wandern, so als verstünde er jedes Wort der beiden Geschwister.

„Typisch!“, brummte Lisa. Aber Leon sah ihr an, dass sie sich über das neue Zuhause viel zu sehr freute, um wegen des Zimmers wirklich verärgert zu sein.

Er folgte ihr in den Flur und in das Zimmer, das nach hinten rausging.

„Das ist ja wunderschön!“, rief Lisa und hatte sofort viel bessere Laune. Das Zimmer war zwar kleiner als das von Leon, aber der Blick aus dem Fenster war einfach fantastisch. Lark Cottage, so hieß ihr neues Zuhause, war auf dieser Seite umgeben von grünen Wiesen und Feldern, die bis zum Horizont reichten. Dazwischen schlängelte sich ein Fluss, der in der Morgensonne glitzerte.

„Vielleicht nehme ich ja doch dieses Zimmer", meinte Leon, nur um seine Schwester zu ärgern.

Lisa schubste ihn zur Seite. „Leon Wilson, du bist unmöglich!"

Indessen schnüffelte Max in einer der Zimmerecken und untersuchte die Gerüche, die wohl von den früheren Bewohnern stammten. Sein langer, buschiger Schwanz wedelte hin und her.

Lisa kniete sich neben ihn und streichelte über seine flauschigen Ohren. „Du fühlst dich hier schon zu Hause, nicht wahr, Max?" Sie grinste. „Ich glaube, es wird ihm hier gefallen!"

„So wie uns!", rief Leon begeistert. Er musste gar nicht fragen, ob Lisa derselben Meinung war. Die Zwillinge verstanden sich so gut, dass sie fast immer erraten konnten, was der andere dachte.

Anfangs waren sie überhaupt nicht begeistert gewesen, als ihr Vater ihnen mitgeteilt hatte, dass sie umziehen würden. John Wilson war Polizist, und als man ihm auf dem Land – am „Ende der Welt“ – eine neue Stelle angeboten hatte, hatte er zugesagt. Aber kaum hatten Leon und Lisa das Dorf Ellandale in den Tälern von Derbyshire zum ersten Mal gesehen, waren ihre Bedenken wie weggeblasen gewesen.

Lisa wuschelte dem Schäferhund durch das dichte, schwarz-braune Fell. „Max muss schon ab morgen mit Papa zur Arbeit, nicht wahr?“

Leon nickte. „Ja. Dann müssen sich alle Bösewichte in Ellandale in Acht nehmen!“, meinte er lachend und legte Max seinen Arm um den Hals. Der Hund bellte und wischte mit seinem Schwanz über die nackten Dielen.

Die Wilsons hatten Max bei sich aufgenommen, als er gerade mal zwölf Wochen alt gewesen war. Und schon bald hatte er zur Familie gehört. Doch dieser Schäferhund war kein gewöhnliches Haustier, sondern ein hervorragend ausgebildeter Polizeihund. Und nun, nachdem er seine lange Ausbildung abgeschlossen hatte, sollte er Wachtmeister Wilson helfen, im Bezirk Ellandale Verbrechen zu bekämpfen.

Max, dessen Schwanz in ständiger Bewegung gewesen war, hielt plötzlich inne. Er spitzte seine Ohren und schien angestrengt zu lauschen.

Wenig später hörten sie die Stimme ihrer Mutter, die die Treppe heraufkam.

„Habt ihr euch schon entschieden, wer welches Zimmer bekommt?“

Leon und Lisa lachten. Obwohl sie daran gewöhnt waren, wie zuverlässig Max auf jedes Geräusch reagierte, erstaunte sie seine Wachsamkeit stets aufs Neue. Gerade deshalb, weil einem Schäferhund nichts entging, waren diese Tiere für den Polizeidienst so gut geeignet.

„Ja, Leon nimmt das Zimmer nach vorn und ich das nach hinten raus“, antwortete Lisa.

„Sehr gut“, sagte Tina Wilson und trat zu ihnen. Mit ihrer staubigen Hand fuhr sie sich durch ihr blondes Haar. Sie war Krankenschwester und eigentlich daran gewöhnt, dass ihre Tage anstrengend waren. Doch die Strapazen dieses Umzugs machten selbst ihr allmählich zu schaffen. „Würdet ihr jetzt bitte nach unten kommen? Die Umzugsleute wollen die Möbel hochtragen.“

Lisa, Leon und Max polterten die Holztreppe hinunter, als John Wilson gerade mit einem riesigen Umzugskarton durch die Haustür kam.

„Alles in Ordnung, ihr beiden?“, fragte ihr Vater und lächelte. Er war ein großer, kräftiger Mann, der immer ruhig und freundlich wirkte. Gleichzeitig strahlte er Autorität aus.

Die beiden Kinder nickten begeistert.

„Komm, wir sehen uns mal den Garten an!“, rief Lisa und puffte Leon in die Rippen. Mit Max im Schlepptau rannten sie durch den Flur in Richtung Küche.

Mit dem Steinboden, den alten Holzschränken und dem offenen Kamin sah die Küche ganz anders aus als die Küche in ihrem früheren Haus. Bis gestern hatten sie in einer modernen Doppelhaushälfte gewohnt.

Die etwas schiefen Wände von Lark Cottage, die verwinkelten Gänge und die sichtbaren Deckenbalken waren deshalb ungewohnt für sie.

„Schau!“ Leon deutete auf die Tür, die in den Garten hinter dem Haus führte und schief in den Angeln hing. „Die hängt ja ganz schräg.“

„So schräg wie die da“, sagte Lisa und zeigte auf die große Holztür auf der anderen Seite. „Wo die wohl hinführt?“

„Papa sagte doch, dass da unten der Keller ist“, meinte Leon. „Was glaubst du, Lisa. Wie alt ist dieses Haus?“

„Hast du nicht die Zahl über der Haustür gesehen?“, entgegnete seine Schwester. Ihr fielen immer solche Kleinigkeiten auf. „Dort steht *Lark Cottage, 1820.*“

„1820!“ Leon war beeindruckt. Dann grinste er. „Mensch, vielleicht gibt es hier ja einen Geist.“

Lisa schüttelte den Kopf. „Ganz sicher nicht“, sagte sie schnell, denn bei solchen Gedanken lief ihr schnell ein Schauer über den Rücken. „Und überhaupt“, fügte sie hinzu, „wenn es hier Geister gäbe, würde Max sie sofort aufspüren!“

„Klar, Max kann ja unser Geisterjäger werden“, lachte Leon. Doch als er den Hund ansah, wurde Leon plötzlich ernst. „Nanu, was hat er denn?“

Max starrte wie gebannt auf die Kellertür. Er begann zu winseln und an der Tür zu kratzen. Jeder Muskel in seinem kräftigen, sehnigen Körper war angespannt. Dann sprang er mit aller Kraft gegen die Tür.

„Vielleicht hat er ja schon einen Geist gefunden!“, stichelte Lisa.

Doch dann wurden beide Kinder plötzlich ganz still. Aus dem Keller war ein unheimliches, lautes Kratzen zu hören. Deshalb war Max so aufgeregt!

2

Leon und Lisa erschraken und hielten sich gegenseitig fest, während Max immer wilder an der Tür hochsprang, um sie zu öffnen.

„Was war das?“, flüsterte Leon.

„Vielleicht eine Maus“, stieß Lisa hervor.

„Die müsste dann aber so groß wie Max sein, um so einen Krach machen zu können“, entgegnete ihr Bruder.

Sie sahen einander an.

„Vielleicht ist es wirklich ein Geist“, murmelte Leon.

„Red doch keinen solchen Unsinn!“, antwortete Lisa entschlossen.

„Dann müssen wir eben runtergehen und nachsehen!“, sagte Leon und griff nach dem Schlüssel, der an einem Haken an der Wand hing.

„Sollen wir nicht lieber Mama und Papa Bescheid sagen?“, fragte Lisa nervös. Leon stürzte sich immer kopfüber in solche Situationen. Aus diesem Grund waren sie beide schon oft genug in Schwierigkeiten geraten.

„Wir nehmen einfach Max mit“, sagte Leon. „Dann kann uns nichts passieren.“

Lisa nickte. Sein Leben lang hatte Max auf sie und Leon aufgepasst. Sie konnten sicher sein, dass der Hund sie vor jeder Gefahr beschützen würde.

Als Leon die Tür vorsichtig öffnete, hörte er wieder das seltsame Kratzgeräusch. Jetzt war es noch lauter.

„Platz!“, befahl Lisa, als der Schäferhund die Treppe hinunterstürmen wollte.

Max setzte sich sofort. Doch er blieb auf der Lauer und lauschte konzentriert.

Leon stellte sich neben ihn und griff nach seinem Halsband.

„Also“, sagte er entschlossen, „jetzt gehen wir runter!“

„Gibt es hier denn kein Licht?“, fragte Lisa

und starrte über Leons Schulter hinweg in die pechschwarze Finsternis. Es roch ganz modrig.

Leon tastete sich an der Wand entlang und fand einen Schalter. Ein trübes Licht ging an, das längst nicht hell genug war, um den riesigen Keller vollkommen auszuleuchten. Vorsichtig betrat Leon die Treppe, Max folgte bei Fuß und hinter den beiden ging Lisa. Sie waren fast unten, als sie wieder das Kratzen hörten.

„Das kommt von da drüben!", flüsterte Lisa und deutete auf einige Kartons in der Ecke.

Auch Max hatte etwas entdeckt und strebte in die gleiche Richtung. Als Leon das Halsband losließ, sprang Max sofort die Treppe hinunter und bellte. Da hörten Leon und Lisa plötzlich ein zweites Bellen, und gleich darauf purzelte ein kleiner braun-weißer Terrier aus einem der Kartons. Frech kläffte er sie an und wackelte mit seinem Stummelschwanz.

„Es … es ist ein Hund!", rief Leon.

„Na so etwas Dummes!", grinste Lisa. „Ich hatte mich schon darauf gefreut, dass wir den Geist von Lark Cottage kennen lernen!"

Der Hund kam näher, und er und Max begrüßten sich, indem sie sich vorsichtig beschnüffelten. Dann rannte der kleine Hund zu Leon und Lisa, sprang um ihre Beine und bellte vergnügt, als sie ihn streichelten.

„Wem der wohl gehört?“, überlegte Leon laut und musste lachen, als der Terrier sich übermütig im Kreis drehte und versuchte, seinen eigenen Schwanz zu erwischen. „Aber vielleicht hat er gar kein Zuhause?“

Lisa schüttelte den Kopf.

„Doch, hat er. An seinem Halsband hängt eine Hundemarke.“

Sie bückte sich und nahm ihn auf den Arm. Aber es war gar nicht so einfach, die Hundemarke zu entziffern, denn der Terrier leckte ihr ungestüm das Gesicht ab.

„Hör auf!“, kicherte Lisa. „Komm, wir gehen lieber wieder nach oben und zeigen ihn Mama und Papa.“

„Lisa! Leon!“ Gerade in diesem Moment hörten sie ihre Mutter rufen. „Was um alles in der Welt treibt ihr da unten im Keller?“

„Das errätst du nie!“, rief Lisa, während sie schnell die Treppe hinaufliefen.

Als sie in die Küche kamen, drehte sich ihre Mutter zu ihnen um und lächelte. Neben ihr standen eine blonde Frau, die einen wunderbar duftenden Kuchen in der Hand hielt, und ein ebenfalls blondes Mädchen, das ungefähr so alt war wie die Zwillinge.

„Lisa, Leon, ich möchte euch unsere neuen Nachbarn vorstellen. Das sind Mrs Gibbs und ihre Tochter Julia, die …“ Sie verstummte und riss die Augen auf. „Wo kommt denn dieser Hund her?“

„Also …“, begann Lisa. Doch mehr konnte sie gar nicht sagen, denn Julia, die den Hund auf Lisas Arm entdeckt hatte, rannte sofort auf sie zu.

„Felix, du Schlawiner! Ich hab dich überall gesucht!“

Felix kläffte fröhlich, als Julia ihn an sich drückte.

„Ist das dein Hund?“, wunderte sich Leon. „Er war in unserem Keller.“

„Dahin verschwindet er immer!“, rief Julia.

„Unser Keller grenzt direkt an euren Keller und irgendwo gibt es wohl ein Loch in der Wand“, meinte Julias Mutter. „Ich werde meinem Mann sagen, er soll mal nachsehen und die Stelle zumauern.“

„Wir dachten zuerst, das Geräusch käme von einem Geist!“, grinste Lisa.

„Nein, es war nur Felix’ besondere Art, euch in Ellandale zu begrüßen“, lachte Julia.

„Deshalb wollten auch wir vorbeikommen, aber Felix war wieder mal schneller!“ Mrs Gibbs überreichte Mrs Wilson den Kuchen. „Ich war gerade beim Backen und dachte, dass Sie vielleicht Apfelkuchen mögen.“

„Oh, das ist aber lieb von Ihnen!“, bedankte sich Mrs Wilson und strahlte. „Der Kuchen riecht ja köstlich. Den gibt es später zum Nachtisch.“

„Gehört der Schäferhund euch?“, fragte Julia die Zwillinge und sah zu Max, der neben ihnen saß. „Der ist aber schön.“

„Ja, Max ist ein ganz besonderes Tier“, antwortete Leon stolz. „Er arbeitet für die Polizei. Zusammen mit meinem Vater, der ist Polizist.“

„Ach, das ist der neue Polizeihund“, entgegnete Julia. „Das ganze Dorf redet ja schon von eurem Schäferhund. Beim Bürgertreffen haben sie von ihm erzählt. Wir freuen uns alle, dass wir hier nun endlich so einen Wachhund haben!“

„Hast du das gehört, Max?“, fragte Lisa und tätschelte ihm den Kopf. Max drückte seine kalte schwarze Schnauze in ihre Hand. „Du bist jetzt schon berühmt!“

„Vielleicht könnte mir euer Vater ein paar Tipps geben, wie ich Felix etwas Benehmen beibringen kann.“ Julia seufzte, während sie ihr T-Shirt aus Felix’ Zähnen befreite. „Geht ihr auch in die Ellandale Grundschule?“

Leon nickte. „Ja, ab morgen. Wir sind in der 6K – der Klasse von Mrs Kendall.“

Julias Augen strahlten. „Ich auch!“

„Das ist ja toll!“, freute sich auch Lisa, denn sie fand Julia richtig nett. „Wie ist denn die Lehrerin, diese Mrs Kendall?“

„Oh, ganz in Ordnung“, versicherte Julia. „Vielleicht ein bisschen streng, aber sie kann auch mal Witze machen.“

„Ich glaube, wir stehen hier ein wenig im Weg“, sagte Mrs Gibbs ein paar Minuten später zu ihrer Tochter. „Komm jetzt, Julia. Sonst werden unsere neuen Nachbarn nie mit dem Auspacken fertig.“

„Ich komm ja schon.“ Julia strahlte Leon und Lisa an. „Also dann, bis morgen!“

„Julia ist unsere erste Freundin in Ellandale“, bemerkte Lisa glücklich, als Mrs Gibbs und ihre Tochter gegangen waren.

Leon nickte. „Und wie es scheint, hat auch Max schon einen neuen Freund gefunden.“ Er hatte beobachtet, wie Max dem Terrier noch lange nachgesehen hatte. „Wann gibt's denn Mittagessen, Mama?“, wollte er nun wissen.

Mrs Wilson stöhnte. „Zum Kochen habe ich nun wirklich keine Zeit! Wieso macht ihr nicht mit Max einen kurzen Spaziergang? Danach soll euer Vater irgendwo ein paar Pizzas zum Mitnehmen holen.“

„Super!“ Die Zwillinge rannten los, um die Hundeleine zu holen.

Kurz darauf öffneten sie das Tor am anderen Ende des großen, etwas verwilderten Gartens. Sie dachten daran, dass sie von ihrem bisherigen Garten in London nur bis zur Häuserreihe gegenüber hatten sehen können. Hier blickten sie nun auf Wiesen, Felder und Wälder.

„Bleibt nicht zu lange weg – und geht nur so weit, dass ihr unser Haus immer sehen könnt!“, rief ihnen ihre Mutter nach.

„Als wir in London wohnten, wollte Mama nie, dass wir Max alleine ausführen“, erinnerte Lisa ihren Bruder.

„Auf dem Land ist das halt anders“, erwiderte Leon. „Hier gibt's ja auch nicht so viele Autos. Es ist viel sicherer.“

Lisa seufzte glücklich. „Das wird sicher toll hier! Alle sind so nett und …“ Sie hielt inne, als Max plötzlich wie erstarrt stehen blieb.

Leon blickte zu ihm hinunter. „Was ist denn, alter Junge?“

Max starrte auf einige Büsche, die dicht nebeneinander standen. Sein Fell sträubte sich.

„Da ist was in den Büschen!“, flüsterte Lisa.

„Hallo, ist da jemand?", rief Leon und versuchte, nicht ängstlich zu klingen. „Wenn ja, dann kommen Sie bitte heraus!"

Jetzt raschelte es. Max knurrte. Voller Anspannung standen Leon und Lisa nebeneinander. Wen oder was hatte er denn dieses Mal gefunden?

3

Gleich darauf teilten sich die Büsche und ein Junge kam zum Vorschein. Er hatte verstrubbelte braune Haare, trug alte Jeans und ein viel zu großes T-Shirt.

Leon und Lisa starrten ihn an.

„Mensch, du hast uns eben fast zu Tode erschreckt!", rief Lisa.

„Tut mir Leid", stammelte der Junge, während er argwöhnisch auf Max blickte.

„Alles in Ordnung, der tut dir nichts", versicherte Leon schnell. „Er wollte uns nur beschützen. Ruhig, Max. Das ist ein Freund." Er musterte den Jungen. „Strecke ihm deine Hand hin. Dann kann er deinen Geruch aufnehmen."

Der Junge tat, was Leon gesagt hatte, und Max beschnüffelte ihn interessiert. Er wusste nun, dass der Junge für Leon und Lisa keine Gefahr darstellte und setzte sich erwartungsvoll auf seine Hinterpfoten.

„Was hast du denn in den Büschen gemacht?“, fragte Lisa neugierig.

„Nichts“, murmelte der Junge. „Ich hab nur was gesucht.“

Leon hielt das für eine ziemlich dumme Ausrede. Doch bevor er etwas sagen konnte, bestürmte Lisa den Jungen schon mit ihren Fragen.

„Wie heißt du denn? Wie alt bist du? Wohnst du hier in Ellandale?“, wollte sie wissen.

Der Junge schaute schüchtern zu Boden. „Ich heiße Paul und bin zehn. Wir sind gerade erst nach Ellandale umgezogen.“

„Genau wie wir!“, rief Lisa vergnügt. „Ich bin Lisa und das ist mein Zwillingsbruder Leon. Bestimmt wirst du auch in die Ellandale Grundschule gehen. Kommst du in die Klasse von Mrs Kendall?“

„Ähm … ja … vielleicht …“, stammelte Paul.

Leon fragte sich, wieso der Junge so verlegen war. Als Paul merkte, wie Leon ihn musterte, wurde er rot im Gesicht. „Ich hab auch einen Hund“, sagte er.

„Oh, wie heißt er denn?“, fragte Lisa neugierig. „Und was für eine Rasse ist es?“

Paul hob die Schultern. „Keine Ahnung, es ist ein Mischling. Er heißt Bobby.“

„Du musst ihn mal mitbringen. Dann kann er sich mit Max anfreunden und wir können die Hunde zusammen ausführen“, schlug Lisa vor.

„Das geht nicht!“, meinte Paul schnell. „Das heißt … Bobby ist gerade bei … jemand anderem. Bis wir richtig eingezogen sind.“

Wieder fragte sich Leon, wieso Paul wohl so traurig wirkte. Vielleicht vermisste er ja seinen Hund so sehr. Paul tat ihm Leid. „Sicher fehlt dir Bobby. Aber wieso kommst du nicht mit zu uns nach Hause? Wenn du willst, kannst du bei uns zu Mittag essen.“

Pauls Miene hellte sich sofort auf. „Wirklich?“

„Na klar!“, versicherte Leon. „Unsere Mutter hat sicher nichts dagegen – aber vielleicht solltest du deiner Mutter vorher Bescheid sagen?“

Sofort schüttelte Paul den Kopf. „Ach, das ist

nicht nötig … meine Mutter hat bestimmt nichts dagegen."

„Super!", rief Leon und strahlte. „Gehen wir!"

Insgeheim dachte Lisa, dass ihre Mutter sehr wohl etwas dagegen haben könnte, weil sie wegen des Umzugs so viel zu tun hatte. Aber wenn Leon sich etwas in den Kopf gesetzt hatte, war er einfach nicht mehr zu bremsen.

Als sie nach Hause gingen, fiel Leon auf, dass Paul kaum ein Wort sagte. Gleichzeitig schien er gerne mit Max zusammen zu sein. Vielleicht war er tatsächlich nur schüchtern und vermisste seinen eigenen Hund.

„Hallo, ihr beiden", begrüßte sie ihr Vater in der Küche. Er zog sich gerade eine Jacke an. „Ich fahre jetzt los und hole Pizza." Da bemerkte er Paul und lächelte. „Wen haben wir denn da?"

„Ich … ich bin Paul", meinte Paul und trat unruhig von einem Fuß auf den anderen.

John Wilson sah Paul forschend an, bis der Junge hinzufügte: „Carter. Paul Carter."

„Er ist gerade erst nach Ellandale gezogen, und Leon hat ihn zum Essen eingeladen“, klärte Lisa ihren Vater auf.

In diesem Moment kam auch ihre Mutter in die Küche.

„Na, ihr habt ja schon die sprichwörtliche Gastfreundschaft übernommen, die auf dem Land herrscht“, neckte sie ihr Vater beim Hinausgehen. „Also dann, bis später.“

„Wo wohnst du denn, Paul?“, fragte ihre Mutter, während sie in einem der Umzugskartons nach Tellern suchte. „Lisa, suchst du mal bitte die Gläser?“

„Oh, am anderen Ende von Ellandale“, meinte Paul ausweichend.

„Wo denn genau?“ Aber ihre Mutter wartete nicht auf eine Antwort. „Schau mal in dem Karton da drüben, Lisa. Ich bin ja so froh, wenn endlich alles eingeräumt ist!“

„Was machen denn deine Eltern, Paul?“, wollte Lisa wissen.

Leon wunderte sich, dass Paul bei der Frage etwas rot wurde.

„Mein Papa arbeitet als Journalist“, antwortete er zögernd. „Und Mama ist Buchhalterin.“

„Vielleicht können wir sie morgen besuchen“, schlug Mrs Wilson vor und stellte eine Flasche Limonade auf den Tisch.

Paul sagte nichts, doch Leon hatte den Eindruck, dass er erleichtert aufatmete, als Lisa das Thema wechselte und erzählte, wie schön es doch in Ellandale war. Er setzte sich neben Max auf den Boden und streichelte ihm zärtlich übers Fell.

„Prima – das Essen kommt!“, sagte ihre Mutter, als zwanzig Minuten später die Haustür aufgeschlossen wurde.

„Der Pizza-Mann ist da!“, rief Mr Wilson. Mit einem ganzen Stapel Pizzaschachteln betrat er die Küche. „Und hier ist jemand, den ich euch vorstellen möchte.“ Er drehte sich zu einer jungen Polizistin um, die hinter ihm durch die Tür kam. „Das ist Wachtmeisterin Janie Blake. Sie wird zusammen mit mir auf dem Revier arbeiten.“

„Hallo alle miteinander“, sagte Janie. Sie hatte leuchtend rote Haare, lachte über das ganze Gesicht und wirkte ausgesprochen sympathisch.

Während alle sie begrüßten, sah Leon zu Paul hinüber. Er war ganz bleich geworden.

„Und das muss Max sein!“ Janie beugte sich runter zu dem Schäferhund, der unter dem Tisch kauerte und seinen Kopf auf Lisas Füße gelegt hatte. Als er Janie beschnüffelt und sie auf diese Weise überprüft hatte, wedelte Max mit dem Schwanz und ließ sich von ihr streicheln.

„Haben Sie auch Haustiere?“, fragte Lisa.

Janie lächelte. „Nur eine Schlange. Sie heißt Copper.“

„Eine Schlange!“, rief Lisa mit großen Augen.

„Du kannst mich ja mal besuchen und sie dir ansehen“, meinte Janie.

„Möchten Sie zum Essen bleiben, Janie?“ Mrs Wilson schnitt gerade die Pizzas in Stücke. „Es reicht sicher für alle!“

„Eigentlich gerne“, erwiderte Janie, „aber ich bin im Dienst. Ich habe John nur zufällig beim Streifendienst getroffen.“ Zögernd ging sie zur Tür. „Wenn Jim herausfindet, dass ich während der Arbeit blau mache, wird er bestimmt ziemlich sauer.“

„Sie meint Wachtmeister Jim Thornton", erklärte John Wilson. „Er ist der Leiter des Polizeireviers von Ellandale."

„Sie ist wirklich nett", sagte Lisa, als Janie sich verabschiedet hatte und gegangen war. „Aber eigentlich ist in diesem Ort jeder nett!"

„Hoffentlich nicht!", meinte Leon und verzog das Gesicht. „Sonst haben Papa und Max ja gar nichts zu tun!"

Lisa streckte ihm die Zunge raus. „Wie ist denn Wachtmeister Thornton?", wollte sie wissen.

„Er soll ein guter Polizist sein", antwortete ihr Vater und nahm sich ein großes Stück Pizza. „Aber wahrscheinlich braucht er einige Zeit, um sich an Max zu gewöhnen."

Als Leon kurz zu Paul hinübersah, traute er seinen Augen nicht. Die anderen hatten eben erst angefangen zu essen, da war Paul schon mit seinem ersten Stück Pizza fertig und griff bereits nach einem zweiten. Es sah so aus, als hätte er seit Tagen nichts gegessen.

Als Paul das vierte Stück Pizza verdrückt hatte, schob er seinen Teller zur Seite. „Vielen Dank, Mrs Wilson, das war großartig", sagte er mit halb vollem Mund. „Jetzt muss ich aber los."

„Willst du nicht noch bleiben und ein Stück von dem Apfelkuchen probieren?", fragte Lisa. „Mrs Gibbs hat ihn für uns gebacken."

Paul zögerte.

„Ja, bleib doch", drängte Mrs Wilson. „Du hast uns auch noch nicht viel von deinen Eltern erzählt und auch nicht, wo du wohnst."

Leon sah, wie unangenehm es Paul war, danach gefragt zu werden.

„Tut mir Leid, aber ich muss wirklich gehen", sagte er hastig. „Und noch mal danke." Er lief zur Tür und war verschwunden.

„Na ja", meinte Lisa nur. „Das war ja ein recht merkwürdiges Verhalten."

„Der arme Junge. Vielleicht hat er Ärger zu Hause." Mrs Wilson machte ein ernstes Gesicht und sagte dann zu ihrem Mann: „John, wir sollten jetzt lieber mit dem Auspacken weitermachen."

„Mit diesem Paul stimmt etwas nicht“, flüsterte Leon seiner Schwester zu.

Lisa nickte. „Er wollte uns auf keinen Fall mehr von sich verraten.“

„Und als vorher Janie hereinkam, bekam er einen richtigen Schreck. Als hätte er ein Gespenst gesehen“, fügte Leon hinzu.

Lisa runzelte die Stirn. „Ich frage mich wieso. Glaubst du, er steckt in Schwierigkeiten?“

Leon zuckte mit den Schultern. „Keine Ahnung. Aber vielleicht erfahren wir es ja morgen in der Schule.“

4

„Wie es Max heute wohl ergeht?“, fragte Leon, als er den Riemen seiner Schultasche über die Schulter streifte. „Schließlich ist es ja auch für ihn der erste Tag!“

Es war noch früh am Morgen und die Zwillinge gingen zusammen mit Julia von nebenan zur Schule.

Wachtmeister Wilson und Polizeihund Max hatten an diesem Tag Frühschicht und waren schon aus dem Haus gegangen, bevor Leon und Lisa überhaupt aufgestanden waren.

„Max wird es sicher Spaß machen!“, meinte Lisa, als sie die Dorfwiese überquerten. „Ist das nicht ein wunderschöner Morgen?“

Wie am Tag zuvor schien die Sonne und die Enten planschten übermütig im Dorfteich. In der

Ferne sahen sie die Berge des Peak Districts, die noch in dichte Nebelschleier gehüllt waren.

„Wartet nur, bis es Winter ist“, meinte Julia, als sie am Schultor ankamen. „Dann sind wir immer eingeschneit. Einmal konnten wir sogar drei Tage lang nicht zur Schule gehen!“

„Cool“, meinte Leon.

Leon und Lisa hatten sich die Schule von Ellandale am Ende des letzten Schuljahrs schon einmal angesehen. Deshalb hatten sie das alte Backsteingebäude mit den roten Dachziegeln sofort wiedererkannt. Es wirkte ganz anders als ihr bisheriges Schulgebäude, das sehr modern und grau gewesen war.

„Was unsere alten Klassenkameraden jetzt wohl machen?“, fragte sich Lisa, als sie durch das Schultor gingen. „Am Wochenende könnten wir einigen E-Mails schicken.“

Aber Leon hörte gar nicht zu. Am anderen Ende des Schulhofs hatte er etwas entdeckt. „Heh,

Lisa, schau mal! Da sind ja Papa und Max!“

Und tatsächlich: Dort drüben standen Wachtmeister Wilson und sein Schäferhund. Der Vater der Zwillinge unterhielt sich gerade mit einer großen, dunkelhaarigen Frau. Sie trug eine Brille mit silbernem Gestell.

Lisa erkannte Mrs Mason, die Schulleiterin. Sie hatten sie kennen gelernt, als sie sich vor den Ferien in der Schule umgesehen hatten.

„Was wollen die beiden denn hier?“, fragte Lisa verblüfft.

„Das werden wir gleich wissen!“ Leon rannte über den Schulhof. Lisa und Julia folgten ihm.

Max hatte die Zwillinge längst bemerkt, da er jedoch im Dienst war, reagierte er nur mit einem leichten Schwanzwedeln.

„… und natürlich werden wir unser Möglichstes tun, um der Sache auf den Grund zu gehen“, sagte ihr Vater gerade. Dann lächelte er. „Hallo, ihr beiden. Ich dachte mir schon, dass ich euch hier treffen würde. Hallo, Julia.“

„Hallo, Papa, was ist denn passiert?“, fragte Leon atemlos.

Er und Lisa fassten Max nicht an. Sie wussten, dass sie den Schäferhund nicht streicheln durften, wenn er im Dienst war. Er war im Augenblick nicht ihr Haustier, sondern der Polizeihund von Ellandale.

„Guten Morgen, Kinder“, grüßte Mrs Mason mit Nachdruck, so als hätte sie das Gefühl, von den Kindern nicht genug beachtetet zu werden. „Willkommen in der Ellandale Grundschule.“

Leon wurde rot. „Oh, guten Morgen, Mrs Mason“, murmelte er.

„Guten Morgen, Mrs Mason“, grüßten jetzt auch Lisa und Julia. Unweigerlich musste Lisa grinsen. Es schafften nicht viele Menschen, Leon zu bremsen, wenn er etwas herausfinden wollte.

Wachtmeister Wilson wandte sich wieder an die Schulleiterin. „Sie haben gesagt, dass Sie den Schülern von den Diebstählen erzählen werden, richtig?“

Mrs Mason nickte. „Ja, noch heute Morgen in der Schülerversammlung.“

„Dann ist es ja nicht schlimm, wenn ihr es schon jetzt erfahrt“, meinte der Wachtmeister. „Es scheint, dass ein Teil der Lebensmittel, die man gestern an die Schule geliefert hat, gestohlen wurde.“

„Was für Lebensmittel?“, wollte Leon wissen.

„Kekse und Milch für das Lehrerzimmer, Chips und Schokolade für den Pausenkiosk“, erwiderte Mrs Mason mit ernster Miene. „Das alles wurde gestohlen, während der Lieferwagen auf dem Schulhof parkte und der Fahrer gerade am Abladen war.“

„Und Max und ich sind hier, um die Sache zu untersuchen“, erklärte Mr Wilson.

„Ich hoffe doch sehr, Sie finden den Dieb“, sagte Mrs Mason und schaute auf ihre Uhr. „Ich muss los. Der Unterricht beginnt in fünf Minuten.“ Sie wollte gerade gehen, drehte sich dann aber doch noch einmal um und fragte: „Vielleicht möchten Sie und Max einmal zu einer unserer nächsten Versammlungen kommen und selbst mit den Schülern reden?“ Mrs Mason warf einen Blick auf die Horde Kinder, die sich um Max versammelt hatte. „Ich bin sicher, die Kinder würden das sehr spannend finden.“

„Das mache ich sehr gern“, antwortete Wachtmeister Wilson lächelnd. „Wie wäre es am Mittwoch? Würde es Ihnen da passen?“

Mrs Mason nickte zustimmend und lief dann eilig ins Schulgebäude.

Die Schüler waren inzwischen noch etwas näher gekommen, um Ellandales neuen Polizeihund zu begutachten. Max saß gehorsam neben seinem Herrchen. Er ließ sich durch das aufgeregte Geplapper der Kinder nicht aus der Ruhe bringen. Leon und Lisa grinsten sich an. Max sorgte immer für Aufsehen – egal, wo er auftauchte!

„Dürfen wir uns noch von Max verabschieden, Papa?“, fragte Lisa, als die Schulglocke bereits läutete. Ihr Vater nickte.

Die Zwillinge knieten sich neben den Wachhund, um ihn zu kraulen. Sofort blickte dieser hoch zu Mr Wilson. Er wollte wissen, ob das in Ordnung ging, er war ja schließlich im Dienst. Als der Polizist ihm kaum merklich zunickte, wedelte Max freudig mit dem Schwanz. Er drückte sich an Lisa und rieb seinen Kopf wie ein verspielter Welpe an Leon.

Auch Julia streichelte den Polizeihund. „Max ist so schlau!“, sagte sie voller Bewunderung, als sie über den Schulhof rannten, um sich in die Reihe zu stellen. „Ich wette, er hat diesen Dieb in null Komma nichts gefunden!“

„Ganz sicher!“, bekräftigte Leon, als sie sich zu den anderen Schülern stellten.

„Ich hoffe nur, der Dieb hat etwas von der Schokolade übrig gelassen, die wir hier in der Pause kaufen können!“, lachte Lisa.

Eine schlanke, braunhaarige Frau wartete, bis alle still waren. Es war Mrs Kendall, die neue Lehrerin der Zwillinge. Dem Mädchen, das ganz vorne in der Reihe stand, gab sie ein Zeichen, damit sie die anderen in ihr neues Klassenzimmer führte.

„Guten Tag, Leon, guten Tag, Lisa“, sagte sie lächelnd, als die beiden an ihr vorbeigingen. „Wie ich sehe, habt ihr euch schon mit Julia angefreundet. Wenn ihr wollt, könnt ihr drei nebeneinander sitzen.“

„Prima, danke!“, sagte Lisa.

Und Leon fragte: „Mrs Kendall, kann auch Paul Carter bei uns sitzen? Er ist auch neu in unserer Klasse.“

Die Lehrerin schaute ihn überrascht an. „Also in dieser Klasse ist er nicht“, sagte sie. „Du und Lisa seid in diesem Schuljahr die einzigen neuen Schüler.“

„Wie seltsam“, grübelte Leon, als sie einer nach dem anderen das Klassenzimmer betraten.

Auch Lisa war verwirrt.

„Tut mir sehr Leid“, meinte Mrs Kendall. „Da müsst ihr euch geirrt haben.“

5

„Das mit Paul ist wirklich merkwürdig, oder?“, wunderte sich Leon, als er und Lisa den Garten von Lark Cottage betraten. Sie hatten ihren ersten Schultag in Ellandale hinter sich gebracht, und im Großen und Ganzen war alles glatt gegangen.

Lisa nickte. „Und ob das merkwürdig ist! Wie kann es sein, dass er nicht in die Ellandale Grundschule geht, wenn er jetzt hier im Dorf wohnt?“ Sie machte die Haustür auf und musste plötzlich lachen.

„Hallo, Max! Na, du hast natürlich schon gehört, dass wir kommen, stimmt's?“

Max hatte gespannt hinter der Haustür gewartet. Als er die Zwillinge sah, bellte er vor Freude. Ungeduldig kratzte er mit den Pfoten über den

Teppich, bis Lisa und Leon ihre Schultaschen endlich abstellten und ihn an sich drückten.

„Papa muss zu Hause sein“, sagte Leon, als er Max kraulte.

„Nein, er ist noch zu einem Treffen gefahren, das auf einem anderen Polizeirevier stattfindet, und hat Max hier gelassen“, sagte Mrs Wilson, die gerade aus dem Wohnzimmer kam. „Hallo, ihr beiden. Wie war der erste Schultag?“

„Okay“, sagten Leon und Lisa im Chor.

Leon steckte seinen Kopf ins Wohnzimmer, um nachzusehen, wie weit seine Mutter mit dem Auspacken gekommen war. Dann stieß er einen bewundernden Pfiff aus. „Heh, Mama, das sieht ja super aus!“

Fast alle Umzugskartons waren schon ausgepackt, die Vorhänge aufgehängt und alle Möbel standen an Ort und Stelle. Enttäuscht war Leon nur, als er den Fernseher einschalten wollte, denn noch hatte niemand die Sender programmiert. Er folgte Lisa in die Küche, wo ihre Mutter gerade weitere Kartons auspackte. Das Radio lief und eine Sprecherin las die Nachrichten:

„Die Polizei ist zunehmend in Sorge wegen eines Jungen, der vor zwei Tagen aus seinem Zuhause in Buxton verschwunden ist …"

Da wurde die Radio-Meldung von Max' freudigem Gebell übertönt, denn er hatte gemerkt, dass Mrs Wilson die Leine brachte. „Papa sagte, ihr könnt Max ausführen, wenn ihr wollt."

Max spitzte bei dem Wort „ausführen" sofort die Ohren. Sein Schwanz trommelte auf den Teppich. Mit seinen großen braunen Augen sah er die beiden Geschwister bittend an: Sie sollten ihn endlich anleinen.

„Das heißt, wenn ihr mit Max jetzt gleich rausgeht, könnte ich eigentlich mitkommen und bei Dr. Fenwick vorbeisehen", meinte Mrs Wilson und schaltete das Radio aus. „Ich muss mit ihm noch besprechen, welche Patienten ich besuchen soll, wenn ich mit der Arbeit beginne."

Ihre Mutter sollte als neue Bezirkskrankenschwester für Ellandale und Umgebung arbeiten, doch sie trat ihre Stelle erst in ein paar Tagen an. „Und wenn ihr zurück seid, trinken wir Tee, in Ordnung?"

„Los, wir nehmen den gleichen Weg wie gestern!“, schlug Leon vor, nachdem sie sich von ihrer Mutter verabschiedet hatten. „Vielleicht treffen wir wieder Paul.“

Lisa nickte. „Einverstanden.“

Sie liefen dieselbe Strecke ab und ließen Max auf der Wiese toben. Von Paul war aber nichts zu sehen.

Als sie schon wieder umkehren wollten, zog Lisa ihren Bruder plötzlich aufgeregt am Arm. „Schau mal, da drüben ist er ja!“

Tatsächlich. Nicht weit von ihnen lief Paul einen Feldweg entlang.

Leon rief so laut er konnte: „Paul! He Paul, warte doch mal!“

Paul sah sich um. Als er erkannte, dass es Leon und Lisa waren, blieb er stehen – allzu erfreut wirkte er allerdings nicht.

Leon fand, dass Paul ziemlich müde und dreckig aussah.

„Hallo!“, rief Lisa fröhlich. „Wir hatten gehofft, dass wir dich hier treffen. Wieso warst du denn heute nicht in der Schule?“

Paul blinzelte. „Oh, ich … ich konnte nicht kommen“, stotterte er.

„Und warum nicht?“, fragte Leon.

„Wir sind immer noch beim Auspacken“, antwortete Paul. Er blickte auf seine schmutzigen Turnschuhe hinunter. „Ich komme wahrscheinlich erst nächste Woche.“

„Aber in der Schule wissen sie gar nichts von dir“, fuhr Leon fort. Und obwohl er es nicht aussprach, hielt er nicht allzu viel von Pauls Entschuldigung, dass er wegen des Umzugs nicht in die Schule gehen konnte. Schließlich waren sie ja auch gerade erst umgezogen!

„Oh …“ Paul räusperte sich. „Da ist dann in der Schule wohl was schief gelaufen … Aber hört mal, ich muss jetzt nach Hause.“

„Wir könnten ja mitkommen“, schlug Lisa vor, „und euch beim Auspacken helfen. Außerdem könnten wir Bobby kennen lernen und …“

„Nein“, fiel Paul ihr ins Wort. „Wir müssen heute noch einkaufen gehen. Wir haben überhaupt keine Zeit.“ Damit drehte er sich um und rannte los.

Leon stupste seine Schwester an. „Sollen wir hinter ihm her? Max könnte seine Fährte verfolgen!“

„Nein“, erwiderte Lisa. „Lass uns nach Hause gehen, sonst macht Mama sich noch Sorgen.“

„Aber irgendetwas stimmt da nicht. Ich bin mir ganz sicher“, murmelte Leon.

„Du bist einfach zu neugierig, das ist alles!“ Lisa grinste ihn an. „Trotzdem sollten wir vielleicht Papa von Paul erzählen.“

„Du hast Recht“, stimmte Leon ihr zu.

Um möglichst schnell nach Hause zu kommen, nahmen sie jetzt den Weg mitten durch das Dorf.

Als sie die Hauptstraße entlanggingen, sahen sie links vor sich das Polizeirevier. Davor stand ein etwas älterer Mann in Polizeiuniform und nahm einige Plakate vom Anschlagbrett herunter. Ein neues Plakat hielt er noch zusammengerollt unter dem Arm.

Lisa stieß Leon in die Seite. „Schau mal, da. Das könnte Wachtmeister Thornton sein, oder?“

„Das werden wir gleich wissen“, antwortete ihr Bruder.

Der Mann blickte auf, als die Zwillinge mit Max über die Straße auf ihn zurannten.

„Guten Tag. Sind Sie Wachtmeister Thornton?“, fragte Lisa.

Der Mann nickte.

Lisa strahlte. „Wir sind Leon und Lisa Wilson. Und das ist Max. Aber den müssten Sie ja schon kennen.“

„Oh, hallo“, antwortete Wachtmeister Thornton etwas schroff. „Euer Vater ist nicht hier. Er nimmt an einer Besprechung teil.“

„Ja, das wissen wir schon“, meinte Leon mit einem fröhlichen Lächeln. „Wir wollten Sie auch nur kurz begrüßen.“

Wachtmeister Thornton schien das nicht besonders zu interessieren. Er warf Max einen finsteren Blick zu und entfernte dann weiter die alten Plakate.

„Mögen Sie denn keine Hunde, Wachtmeister Thornton?“, wollte Leon wissen.

Lisa grinste in sich hinein, denn Wachtmeister Thornton war diese Frage sichtlich unangenehm. Doch Leon ließ sich nichts anmerken. Er hatte noch nie ein Problem damit gehabt, andere in Verlegenheit zu bringen.

„Ich finde, wir sind in Ellandale bisher ganz gut ohne Polizeihund zurechtgekommen“, murmelte der Wachtmeister und entrollte endlich das Plakat, das er unter dem Arm getragen hatte.

Leon wollte gerade darauf antworten, als Lisa ihn anstieß.

„Leon!“, rief sie aufgeregt. „Schau doch mal!“

Auf dem Plakat stand in großen Buchstaben:

VERMISST! HABEN SIE DIESEN JUNGEN GESEHEN?

Darunter sah man das Foto eines Jungen. Es war Paul.

6

„Paul Carter verschwand vor zwei Tagen aus seinem Elternhaus in Buxton“, las Lisa laut vor. „Paul ist zehn Jahre alt, hat braune Haare und blaue Augen. Hinweise auf seinen derzeitigen Aufenthaltsort nimmt jede Polizeidienststelle entgegen.“

Nachdem Wachtmeister Thornton das Plakat mit Reißnägeln befestigt hatte, ging er zurück in das Polizeigebäude. Leon, Lisa und Max rannten hinter ihm her.

„Wachtmeister Thornton!“, keuchte Leon.

„Was ist denn jetzt schon wieder?“, seufzte der Wachtmeister und drehte sich ungeduldig um.

„Der Junge auf dem Plakat!“, japste Leon. „Wir haben ihn gesehen!“

„Sogar zweimal!“, ergänzte Lisa.

Wachtmeister Thornton sah die Kinder ungläubig an. „Seid ihr da ganz sicher?“, fragte er. In diesem Augenblick fuhr ein Polizeiauto auf den Vorplatz und hielt an.

„Da ist ja unser Papa!“, rief Lisa erleichtert. Ihr Vater würde ihnen bestimmt glauben. Schließlich war er ja Paul gestern selbst begegnet.

„Was gibt’s denn?“, wollte John Wilson wissen, als die Zwillinge und Max auf ihn zu stürmten, gefolgt von Wachtmeister Thornton.

„Papa!“, rief Lisa. „Dieser Junge, der vermisst wird – das ist Paul!“

„Wie bitte?“ Wachtmeister Wilson machte ein verwirrtes Gesicht, als er sich nach vorne beugte, um Max zu begrüßen. „Ich habe schon gehört, dass ein Junge vermisst wird, kenne aber die Einzelheiten noch nicht.“

„Schau mal da, Papa!“ Leon zeigte auf das Plakat. „Das ist Paul!“

Sein Vater machte große Augen. „Aber ja …

tatsächlich! Das ist der Junge, der gestern bei uns Mittag gegessen hat. Dachte ich mir doch, dass mit ihm etwas nicht stimmt!“ Er wandte sich an seinen Kollegen Wachtmeister Thornton. „Was ist da passiert, Jim? Wie ist der Stand der Dinge?“

„Gestern Vormittag haben Pauls Eltern ihren Sohn in Buxton als vermisst gemeldet“, erklärte Wachtmeister Thornton. „Sie nehmen an, dass er während der Nacht ausgerissen ist, denn sein Bett war unberührt.“

„Weiß man, warum er weggerannt ist?“, fragte Wachtmeister Wilson.

„Seine Eltern glauben, dass sein Hund der Grund für das Weglaufen sein könnte“, erklärte Wachtmeister Thornton. „Pauls Eltern sind beide berufstätig, und der Hund machte ihnen zu viel Arbeit. Außerdem hatten sie nur Ärger mit ihm, weil er alles kaputtgemacht hat. Sie haben ihn ins Tierheim gebracht, damit er dort neue Besitzer findet.“

Leon warf seiner Schwester einen Blick zu.

„Bobby!“, rief er. „Papa, Paul hat erwähnt, dass er einen Hund hat. Aber dass der weggegeben wurde, hat er nicht gesagt.“

Wachtmeister Wilson schaute Leon und Lisa an. „Wann habt ihr Paul das letzte Mal gesehen?“

„Gerade vorhin“, erklärte Leon. „Als wir Max ausgeführt haben.“

„Dann führt mich genau zu der Stelle“, meinte ihr Vater und nahm die Leine. „Wenn noch nicht allzu viel Zeit vergangen ist, kann Max vielleicht seine Witterung aufnehmen und die Spur verfolgen.“

„Heute Abend macht sich ein Suchtrupp auf den Weg“, fügte Wachtmeister Thornton hinzu.

Leon und Lisa sahen sich an. Sie wussten, dass die Polizei solche Suchaktionen oft in der Nacht durchführte. Dann waren weniger Leute unterwegs und den Polizeihunden war es eher möglich, die Witterung des Vermissten aufzuspüren.

Und noch etwas hatte ihr Vater ihnen einmal erklärt: Wenn Menschen wie Paul ausrissen und sich verängstigt und allein fühlten, dann strömte ihr Körper einen Geruch aus, den ein gut ausgebildeter Polizeihund wittern konnte.

„Also gehen wir gleich los.“ Wachtmeister Wil-

son machte sich auf den Weg und Max ging bei Fuß neben ihm her.

„Stell dir das mal vor – der rennt einfach von

zu Hause weg!“ Lisa durchlief ein Schauer, während sie die Hauptstraße von Ellandale entlangliefen. „Ich frage mich, wo Paul überhaupt geschlafen hat?“

„Na, bestimmt irgendwo da draußen“, antwortete Leon. „Kein Wunder, dass er vorhin so schmutzig und unordentlich ausgesehen hat.“

Dann schwiegen sie und gingen schneller, um ihren Vater und Max einzuholen.

„Paul ist vielleicht schon weitergezogen“, sagte Wachtmeister Wilson, als sie in den Feldweg einbogen, auf dem die Zwillinge den Jungen vorher getroffen hatten. „Aber wenn wir Glück haben, ist er noch irgendwo in der Gegend.“ Er ließ den Schäferhund von der Leine und sagte: „Such!“

Max rannte den Feldweg entlang, um immer wieder an den verschiedensten Stellen zu schnüffeln. Bei seiner Suche nach dem vermissten Jungen ließ er sich durch nichts mehr ablenken.

Wachtmeister Wilson, Leon und Lisa rannten hinterher.

Alle drei suchten, bis es allmählich dunkel wurde, doch von Paul war nichts zu sehen.

Schließlich gab Mr Wilson auf. „Kommt, ihr beiden", rief er. „Wir gehen jetzt besser nach Hause. Eure Mutter wird sich schon wundern, wo wir bleiben. Und heute Nacht ist ja sowieso ein richtiger Suchtrupp unterwegs."

„Der arme Paul." Lisa bekam eine Gänsehaut, als sie sich auf den Heimweg machten. „Es wird ziemlich kühl."

„Ja, heute Nacht soll es sehr kalt werden." Ihr Vater machte ein besorgtes Gesicht. „Ich kann nur hoffen, dass wir Paul finden, bevor es zu spät ist."

7

„Paul!“ Leon rief, so laut er konnte. „Wo steckst du?“

„Sei endlich still, Leon!“ Lisa hielt sich die Ohren zu. „Das bringt doch nichts!“

Am Nachmittag des nächsten Tages waren die Zwillinge kaum aus der Schule nach Hause gekommen, als es sie schon wieder nach draußen zog. Sie wollten Paul suchen. Der Suchtrupp, zu dem auch ihr Vater und Max gehört hatten, hatte in der letzten Nacht keine Spur des Jungen entdecken können.

Wenn also selbst Max nichts gefunden hatte, glaubte Lisa nicht, dass sie und Leon etwas ausrichten konnten. Aber Leon war hartnäckig geblieben: Er wollte es selbst noch mal versuchen, und so hatte Lisa – wie immer – nachgegeben.

„Irgendwo muss er doch sein!“, rief Leon aus.

„Natürlich“, erwiderte Lisa. „Aber wenn Paul weiß, dass alle ihn suchen, kommt er sicher nicht aus seinem Versteck.“

In der Schule war der verschwundene Junge heute Thema Nummer eins gewesen. Außerdem hatten Leon und Lisa eine Menge Leute zu Paul befragt. Seltsamerweise hatte ihn jedoch niemand gesehen.

„Wenn ihn niemand bemerkt hat, dann muss er ein wirklich gutes Versteck haben“, staunte Leon. „Aber wo?“

Lisa schaute auf ihre Uhr. „Leon, wir müssen umkehren. Mama hat gesagt, wir sollen um sechs zu Hause sein, und es wird auch schon dunkel.“ Sie seufzte. „Ich hoffe nur, Paul ist in Sicherheit und hat es einigermaßen warm.“

Leon nickte, auch wenn er das insgeheim für unwahrscheinlich hielt.

Als die Zwillinge nach Hause kamen, sahen sie zu ihrer Überraschung, dass Wachtmeister Thornton da war, mit ihren Eltern in der Küche saß und Tee trank.

„Ist Paul schon wieder aufgetaucht, Papa?", fragte Leon hoffnungsvoll.

„Leider nicht", erwiderte sein Vater. „Aber wir haben Hinweise entdeckt, die darauf hindeuten, dass jemand auf einer Wiese hinter unserem Garten gelagert hat. Es sieht allerdings so aus, als sei derjenige längst weitergezogen. Trotzdem könnte es Paul gewesen sein."

Max lag unter dem Küchentisch. Ein Auge war offen, das andere geschlossen. Leon fiel auf, wie missmutig Wachtmeister Thornton den Hund beobachtete, während er langsam seinen Tee trank.

„Habt ihr noch etwas über den Hund von Paul herausgefunden?", wollte Lisa wissen.

Ihr Vater nickte nachdenklich. „Angeblich haben Pauls Eltern durch das Tierheim erfahren, dass Bobby von einer Frau hier aus Ellandale aufgenommen wurde."

„Deshalb kam Paul also hierher!", rief Leon.

„Hast du mit Bobbys neuer Besitzerin gesprochen, Papa?“

„Ja. Und ihr Name ist Mrs Castle“, antwortete Wachtmeister Wilson. „Wir haben sie befragt, weil es gut möglich ist, dass Paul sich in ihrer Nähe aufhält. Aber sie ist dem Jungen noch nicht begegnet.“

„Hast du Bobby gesehen?“, fragte Lisa.

„Ja, ich habe ihn gesehen, aber der Hund sah nicht allzu glücklich aus“, meinte ihr Vater und seufzte. „Mir scheint, er vermisst Paul ebenso sehr wie Paul ihn.“

„Und was passiert jetzt?“, fragte Leon.

„Für heute Nacht haben wir einige zusätzliche Polizeibeamte angefordert“, antwortete sein Vater. „Dann suchen wir weiter. So werden wir ihn hoffentlich bald aufspüren.“

„Hier auf dem Land ist so eine Suche schwierig. Es gibt so viele Verstecke“, sagte Wachtmeister Thornton, als er seinen Tee ausgetrunken hatte. „Wenn jemand nicht will, dass man ihn findet, ist man ziemlich machtlos.“

„Nun ja, immerhin haben wir Max, der uns bei

der Suche hilft." Mr Wilson bückte sich unter den Tisch und tätschelte seinem Hund die Flanken.

Wachtmeister Thornton rümpfte seine Nase. „Na ja, Hunde mögen durchaus nützlich sein. Manchmal jedenfalls." Er stand auf. „Ich muss jetzt gehen. Danke für den Tee, Mrs Wilson."

„Er ist ein bisschen brummig, oder?", flüsterte Lisa, als ihre Mutter Wachtmeister Thornton zur Tür brachte. „Und Tiere scheint er nicht besonders zu mögen!"

Ihr Vater begann die leeren Tassen wegzuräumen. „Ich glaube, er ist gegenüber Veränderungen einfach etwas misstrauisch. Das ist alles."

„Papa, kommst du mit Max morgen zu unserer Schülerversammlung?", fragte Lisa. „Oder hast du zu viel zu tun?"

„Oh, wir werden kommen", antwortete ihr Vater. „Das wird ja nicht so lange dauern. Außerdem ist es eine gute Gelegenheit, um nachzufragen, ob vielleicht einer der Schüler Paul gesehen hat."

„Ach, übrigens ... was ist denn eigentlich mit dem Dieb in unserer Schule, Papa?", fragte Leon, der sich plötzlich an die gestohlenen Lebensmittel erinnerte. „Gibt es da schon eine Spur?“

Wachtmeister Wilson schüttelte bedauernd den Kopf. „Nein, leider nicht. Aber die Sache mit Paul ist zunächst viel wichtiger.“

„Immer wieder muss ich an den armen Jungen denken. Der ist jetzt irgendwo da draußen, ganz allein“, sagte Mrs Wilson, als sie in die Küche zurückkam. „Es ist einfach furchtbar.“

8

„Max ist ein so genannter Polizeihund zur allgemeinen Verwendung“, begann Wachtmeister Wilson. „Er hilft uns sowohl bei der Verbrecherjagd als auch dabei, vermisste Menschen oder Gegenstände aufzuspüren.“

Lisa stupste Leon mit dem Ellbogen an und beide beobachteten voller Stolz, wie Max absolut ruhig und reglos neben ihrem Vater saß. Wachtmeister Wilson hatte darum gebeten, dass diese Versammlung im Freien stattfinden sollte. So konnte er Max’ Fähigkeiten viel besser vorführen. Zum Glück war es ein warmer, sonniger Tag. Deshalb saßen die Schüler nun in mehreren Reihen auf dem Sportgelände hinter der Schule.

„Es gibt auch andere Polizeihunde, die für ganz spezielle Aufgaben abgerichtet werden“, erklärte der Wachtmeister. „Manche spüren Sprengstoff auf, andere suchen Drogen. Jeder Polizeihund beginnt mit einer Grundausbildung, so wie jeder gewöhnliche Hund auch.“ Dann führte Mr Wilson vor, wie Max auf Kommando Platz machte, wieder aufstand, rannte, bei Fuß ging, einen geworfenen Ball zurückbrachte und so weiter.

„Ein Deutscher Schäferhund ist aus mehreren Gründen ein idealer Polizeihund“, erklärte Mr Wilson. „Diese Tiere haben extrem geschärfte Sinne. Ihnen entgeht nichts von dem, was um sie herum passiert.“

Alle lachten, als Mrs Mason hustete und Max sofort die Ohren spitzte.

Wachtmeister Wilson führte Max von den Kindern weg, befahl ihm, sich auf den Rasen zu legen und entfernte sich dann von ihm.

„Ich möchte euch nun vorführen, wie gut so ein Wachhund hört. Dazu müsst ihr euch allerdings absolut ruhig verhalten!“

Alle sind so still, dass man eine Stecknadel fallen hören könnte, dachte Leon und grinste. Die Vorführung mit Max war ein voller Erfolg!

„Wie ihr seht, stehe ich nun etwa sechzig bis siebzig Meter von Max entfernt“, sagte Wachtmeister Wilson. Dann senkte er seine Stimme und sprach so leise, dass selbst die Schüler in nächster Nähe kaum etwas hören konnten. „Platz, Max.“

Max setzte sich sofort ins Gras und beobachtete aufmerksam sein Herrchen.

„Auf“, flüsterte Mr Wilson und Max stand auf. Wie gebannt sahen alle zu. Die Schüler wagten kaum zu atmen, um Max ja nicht zu stören.

„Sitz.“ Sofort setzte Max sich wieder. Mr Wilson lächelte, als er die erstaunten Gesichter der Schüler sah. „Das nennt man Fernkontrolle. Jetzt wisst ihr, wie gut sein Gehör ist!“

Die ganze Schule applaudierte, als Max gehorsam zu seinem Herrchen zurücklief.

„Und nun zeigt euch Max noch einige besondere Kunststücke.“ Wachtmeister Wilson sah fragend zur Lehrerin der Zwillinge hinüber. „Mrs Kendall, würden Sie sich bitte kurz zur Verfügung stellen?“

Die Lehrerin machte ein überraschtes Gesicht. „Aber sicher“, willigte sie ein.

„Ich gehe jetzt mit Max ans andere Ende des Sportgeländes“, erklärte Mr Wilson. „In der Zwischenzeit verstecken Sie sich bitte hinter dem Schulgebäude, sodass Sie nicht mehr zu sehen sind.“

Dann marschierte er mit Max eilig davon. Auch Mrs Kendall verschwand schnell hinter dem Schulgebäude. Als sie nicht mehr zu sehen war, brachte der Wachtmeister seinen Hund zu den Kindern zurück.

„Auf diese Weise suchen wir Vermisste oder Verbrecher“, erklärte er. „Such, Max!“

Max war sofort in Alarmbereitschaft, jeder Muskel seines Körpers war gespannt. Er hob seine Schnauze, nahm die Witterung auf und rannte dann mit voller Geschwindigkeit zum Schulgebäude. Während alle ihre Hälse reckten, um ja nichts zu verpassen, blieb Max an einer Ecke des Gebäudes stehen und begann laut zu bellen.

„Gut gemacht, Max!“, lobte sein Herrchen. „In Ordnung, Mrs Kendall, Sie können wieder hervorkommen.“

„Da bin ich ja froh, dass ich kein Verbrecher bin“, lachte Mrs Kendall, als sie zu ihrer Klasse zurückkam.

Mr Wilson lächelte. „Wie ich ja schon sagte, sucht Max nicht nur Menschen, sondern auch Gegenstände aller Art. Mrs Mason, würden Sie uns vielleicht Ihr Halstuch leihen?“

„Natürlich“, antwortete die Schulleiterin und löste das blaue Seidentuch von ihrem Hals.

Der Wachtmeister ging mit dem Tuch über das Sportgelände und hängte es außer Sichtweite an den Ast eines großen Baums. „Nun werden wir sehen, ob Max es finden kann!“, meinte er.

Alle schauten gespannt, als Max auf das Sportgelände geschickt wurde. Schon nach wenigen Sekunden rannte er geradewegs auf den Baum zu. Und kaum hatte er ihn erreicht, fing er gleich an zu bellen.

Wieder gab es kräftigen Applaus und besonders stolz klatschten Leon und Lisa. Max hatte es erneut geschafft!

Ihr Vater erklärte, dass Max darauf trainiert war, Menschen an ungewöhnlichen Orten aufzuspüren. „Wenn sich an einem Ort allerdings zu viele Menschen befinden, wird es für einen Hund unmöglich, einem ganz bestimmten Geruch zu folgen. Deshalb habe ich das Tuch dort drüben aufgehängt, weit weg von euch allen."

Dieses Kunststück wurde noch einige Male wiederholt – einmal mit der Armbanduhr eines Lehrers, dann mit einer Münze. Max konnte alles problemlos finden. Danach hatte jeder die Möglichkeit, Wachtmeister Wilson Fragen zu stellen. Als diese schließlich alle beantwortet waren, klingelte es auch schon zur großen Pause.

Mrs Mason dankte Mr Wilson, dass er in die Schule gekommen war. „Bevor ihr nun in die Pause geht, möchte euch Wachtmeister Wilson noch etwas fragen", fügte sie hinzu. „Es geht um Paul Carter, den verschwundenen Jungen."

Leon und Lisa warfen sich einen Blick zu.

„Sicher sind euch allen schon die Plakate im Dorf aufgefallen", begann Wachtmeister Wilson. „Paul wurde in der Nähe von Ellandale gesehen. Wenn ihm also jemand von euch in den letzten Tagen auch begegnet ist, sagt es mir bitte. Es ist sehr wichtig." Er ließ seinen Blick über die Schüler schweifen, die sofort aufgeregt miteinander tuschelten, doch keiner meldete sich.

„Hm, na gut", seufzte Leon, als die Schüler aufgestanden waren und eine Klasse nach der anderen auf den Pausenhof gegangen war. „Vielleicht findet die Polizei Paul heute ja auch so."

„Hoffentlich", meinte Lisa.

„Geht nun bitte auch in die Pause!", rief Mrs Kendall, die heute Hofaufsicht hatte, ihrer Klasse zu.

Nachdem Wachtmeister Wilson im Lehrerzimmer noch eine Tasse Kaffee getrunken hatte, kam auch er auf den Pausenhof – zusammen mit Max. Sofort drängten sich die Schüler um den Polizeihund. Alle wollten ihn streicheln und Max ließ es bereitwillig über sich ergehen.

Nur zu gerne wären Leon und Lisa dazugestoßen, um selbst ihren Max zu kraulen, aber heute, so beschlossen sie, sollten ausnahmsweise ihre Mitschüler den Vortritt haben. Erst als es klingelte und alle sich in einer Reihe aufstellten, rannten sie hinüber, um Max schnell zu streicheln.

„Du warst großartig, Max!“, lobte Lisa.

Max freute sich sehr, die beiden zu sehen. Aufgeregt wedelte er mit dem Schwanz und drückte sich immer wieder an die Zwillinge.

„Ihr stellt euch jetzt lieber auch in die Reihe“, meinte ihr Vater. „Max und ich werden uns nun wieder dem Suchtrupp anschließen.“

„Viel Glück!“, wünschte Leon und gab Max einen liebevollen Klaps. Doch der Polizeihund schenkte ihm kaum Beachtung. Stattdessen fing er an, intensiv zu schnüffeln und sich aufmerksam umzusehen.

Die Zwillinge rannten hinüber zu ihrer Klasse. Als sie jedoch ein kurzes scharfes Bellen hörten, drehten sie sich neugierig um. Max stand ganz aufgeregt vor einem alten, ziemlich heruntergekommen aussehenden Schuppen, der neben dem Schulgebäude stand.

„Mrs Kendall, was befindet sich denn in diesem Schuppen?“, rief Wachtmeister Wilson verwundert.

„Hm, eigentlich nichts“, antwortete Mrs Kendall. Sie bat einen anderen Lehrer, ihre Klasse ins Klassenzimmer zu begleiten, und eilte dann hinüber zu Mr Wilson.

Leon und Lisa folgten ihrer Lehrerin. Auf keinen Fall wollten sie jetzt etwas verpassen.

„Wir benutzen den Schuppen kaum noch“, erklärte Mrs Kendall. „Darin werden nur noch ein paar alte Turngeräte aufbewahrt, das ist alles.“

Max kratzte an der Schuppentür und bellte immer lauter und aufgeregter.

Wachtmeister Wilson untersuchte das Schloss. „Das wurde aufgebrochen“, stellte er fest. „Ich glaube, ich schaue besser mal rein.“

Leon und Lisa wagten kaum zu atmen, als die Tür knarrend geöffnet wurde. Neugierig spähten sie hinein.

„Schaut mal, da!“ Leon deutete auf den Boden. Überall lagen leere Schokoladenpapierchen, leere Chipstüten und Milchpackungen.

Max zog sein Herrchen zu einigen aufeinander gestapelten und ganz verstaubten Turngeräten. Plötzlich war dahinter ein Geräusch zu hören.

Dann kam ein Junge zum Vorschein, der schüchtern ins Tageslicht blinzelte.

Wie aus einem Mund riefen Leon und Lisa: „Paul!“

9

„Ich wollte Bobby suchen“, murmelte Paul, während er Fischstäbchen, Pommes frites und Erbsen verdrückte. „Nur deshalb bin ich weggerannt.“

Nachdem Max den Jungen aufgespürt hatte, war alles sehr schnell gegangen. Wachtmeister Wilson hatte das Polizeirevier angefunkt, um seinen Kollegen zu sagen, dass Max Paul glücklicherweise gefunden hatte und man die weitere Suche abblasen konnte. Dann rief er Pauls Eltern an und teilte ihnen mit, dass sie ihren Jungen bei den Wilsons im Lark Cottage abholen konnten.

Dort saß Paul nun neben Max, schlug sich erst einmal den Bauch mit leckerem Essen voll und berichtete den Wilsons in allen Einzelheiten, was genau passiert war.

Leon und Lisa hatten in der Schule so lange gebettelt, bis sie mit Paul zusammen nach Hause gehen durften. Zum Glück war es nicht mehr lange bis zur Mittagspause gewesen. Deshalb hatten Mrs Mason und Mrs Kendall die beiden schließlich gehen lassen – aber nur unter der Bedingung, dass sie pünktlich zum Nachmittagsunterricht wieder in der Schule wären.

Neugierig und gespannt hörten die Zwillinge sich jetzt Pauls Geschichte an.

„Aber wieso haben deine Eltern Bobby denn weggegeben?“, wollte Leon wissen.

Paul kamen die Tränen.

„Erzähl uns doch, was passiert ist, Paul“, bat nun auch Mr Wilson.

Paul schluckte. „Na ja, wir hatten Bobby aus einem Tierheim geholt“, begann er. „Er ist wirklich ein toller Hund, und ich liebe ihn über alles, aber er ist sehr schlecht erzogen. Er hat alles im Haus angenagt, Schuhe, Stuhlbeine, einfach alles. Er hat immer wieder unsere Schränke und Türen zerkratzt und die Teppiche kaputtgemacht. Dann fingen auch noch die Nachbarn an, sich zu beschweren, weil Bobby die ganze Zeit gebellt hat.“

„Und da haben ihn deine Eltern einfach wieder ins Tierheim abgeschoben?", fragte Leon empört. Doch er war sofort still, als er die warnenden Blicke seiner Eltern auffing.

„Sie wollten das eigentlich nicht tun", erklärte Paul traurig. „Auch sie hatten Bobby gern, aber sie meinten, wir kämen mit so einem wilden Hund einfach nicht zurecht."

Leon öffnete den Mund, um etwas zu sagen, aber Lisa puffte ihn in die Seite und so ließ er es sein.

„Also haben wir Bobby ins Tierheim zurückgebracht", erzählte Paul mit Tränen erstickter Stimme. „Meine Mutter bat die Leute dort, uns zu sagen, wenn sie für Bobby ein gutes Zuhause gefunden hätten. Auf diese Weise erfuhren wir später, dass jemand in Ellandale Bobby aufgenommen hatte."

„Und dann bist du ausgerissen und nach Ellandale gekommen, um deinen Bobby zu suchen", stellte Mr Wilson fest. Er hatte offensichtlich viel Verständnis für den Jungen.

Paul nickte. „Ja, vor vier Tagen habe ich den

Bus hierher genommen und seitdem Bobby überall gesucht. Ich will ihn einfach wiedersehen …“ Er biss sich auf die Lippen, um nicht erneut in Tränen auszubrechen.

Für eine kurze Zeit schwiegen alle im Raum. „Ich dachte, in dem alten Schuppen neben dem Schulgebäude würde mich keiner suchen“, erzählte Paul weiter. „Ich hatte gehofft, dass alle denken würden, dass ich mich eher außerhalb des Dorfes verstecken würde.“

„Ja, das dachten wir tatsächlich“, bestätigte Leon. „Und hätten wir Max nicht gehabt, würdest du dich noch immer dort verstecken – ganz allein und mit knurrendem Magen!“

Paul lächelte unsicher, dann nickte er. „Ich sah den Schuppen, als ich mir die Milch und die Chips und die Schokolade besorgte“, erklärte er. Dann schaute er hinüber zu Wachtmeister Wilson und wurde rot. „Ich habe noch nie was gestohlen, ehrlich. Aber ich hatte solchen Hunger …“

„Mach dir deswegen keine Sorgen“, beruhigte ihn Mr Wilson. „Das werden wir schon irgendwie klären.“

Da hörten sie, dass draußen ein Auto vorfuhr.

Paul wurde bleich. „Das sind bestimmt meine Eltern. Die werden ganz schön wütend auf mich sein – ganz sicher!“

„Abwarten“, sagte Wachtmeister Wilson. „Ich vermute, dass sie erst einmal sehr froh sein werden, dass dir nichts passiert ist.“

Paul schluckte und nickte, obwohl ihm noch immer mulmig war. Mr Wilson stand auf und ging zur Tür. Sofort sprang auch Max auf und folgte seinem Herrchen, wobei er die Schnauze hob und aufmerksam schnüffelte.

„Du solltest deine Eltern doch noch einmal fragen, ob du deinen Hund nicht wiederbekommen kannst!“, meinte Leon zu Paul.

Paul schüttelte den Kopf. „Nein, das ist unmöglich“, seufzte er. „Außerdem hat Bobby ja ein neues Zuhause.“

„Psst!“, zischte Lisa. „Was ist denn das?“

Alle horchten angestrengt.

Max war schon an der Haustür und beschnüffelte nun ganz interessiert den unteren Türspalt. Dann bellte er kurz auf. Sofort folgte von draußen ein Kratzen und Winseln, dann ertönte ein Bellen.

„Heh, da draußen ist ja ein anderer Hund …“, begann Leon.

Aber da war Paul schon aufgesprungen. „Das ist Bobby!“, rief er erfreut.

10

Als Wachtmeister Wilson die Tür öffnete, wirbelte ein zotteliges braunes Etwas herein. Es war ein kleiner Hund, der nur ganz kurz anhielt, um Max freundschaftlich zu beschnuppern. Schließlich raste er mit wildem Gebell durch den Flur.

Paul rannte ihm bereits entgegen und rief freudig: „Bobby!“

Der Hund sprang in seine Arme und kläffte vor Freude.

Man sah Paul an, dass er nicht recht wusste, ob er nun lachen oder weinen sollte. „Mensch, was machst du denn hier?“, brachte er nur heraus.

Während Paul seinen Hund an sich drückte, betraten nun auch ein Mann und eine Frau das Haus. Sie blieben kurz stehen, um mit Wachtmeister Wilson zu reden.

Leon vermutete, dass es Pauls Eltern waren. Aber wieso hatten sie Bobby dabei?

„Paul!“ Mrs Carter strahlte über das ganze Gesicht, als sie ihren Sohn erblickte. Gleichzeitig sahen sie und Mr Carter blass und übermüdet aus, so als hätten sie in den letzten Tagen überhaupt nicht geschlafen. „Wir hatten ja solche Angst um dich!“

„Es ... es tut mir Leid“, war alles, was Paul sagen konnte. Doch das interessierte seine Eltern gar nicht. Überglücklich nahmen sie ihren Sohn in den Arm und drückten ihn fest an sich. Leon und Lisa standen freudestrahlend dabei. Bobby hörte gar nicht mehr auf zu bellen – und auch Max stimmte immer wieder mit ein.

„Nehmt doch bitte alle Platz“, sagte Mrs Wilson und lächelte. „Ich werde den Wasserkessel aufsetzen und schnell Tee kochen.“

Mit Tränen in den Augen ließ sich Mrs Carter auf den nächsten Stuhl fallen. Noch immer hatte sie einen Arm um Paul gelegt, der seinerseits Bobby gar nicht mehr loslassen wollte.

„Hättest du uns doch nur gesagt, wie sehr du

Bobby vermisst!“, meinte Mrs Carter zu ihrem Sohn. „Wir hätten ihn aus dem Tierheim zurückgeholt. Aber einfach wegzurennen …“

„Es tut mir so Leid“, wiederholte Paul. Jetzt erst wurde ihm klar, wie viele Sorgen seine Eltern sich um ihn gemacht hatten, und er schämte sich.

„Wir haben Bobby doch auch vermisst!“, sagte Mr Carter. „Obwohl er ja wirklich sehr ungezogen ist!“

Paul sah immer noch ganz benommen aus. „Aber, Mama, wieso ist Bobby überhaupt hier?“, wollte er wissen, während der kleine Hund ihm munter das Gesicht ableckte.

„Nun ja, wir haben heute Morgen im Tierheim angerufen und nachgefragt, ob wir Bobby vielleicht zurückhaben könnten“, erklärte Mrs Carter. „Da stellte sich heraus, dass Mrs Castle, bei der Bobby nun lebte, nur wenige Stunden zuvor angerufen hatte. Sie hatte gesagt, dass Bobby bei ihr nichts fressen wollte und dass sie fürchtete, der Hund würde sich vor lauter Heimweh nicht an sie gewöhnen.“

„Deshalb war Mrs Castle auch gerne bereit gewesen, uns Bobby wieder zurückzugeben." Pauls Vater lachte glücklich.

Paul machte große Augen. „Heißt das etwa ... Bobby gehört wieder uns?"

„Na, aber sicher!", bestätigte seine Mutter.

„Super!", riefen Lisa und Leon, während es Paul vor Freude die Sprache verschlagen hatte. Er drückte Bobby noch fester an sich und vergrub sein Gesicht in dem zotteligen Fell.

„Sie sollten mit Bobby jede Woche einmal in eine Hundeschule gehen", schlug Leon vor. „Damit er lernt zu gehorchen und nicht mehr so viel Ärger macht."

Mr und Mrs Carter sahen ihn an und nickten.

„Dazu haben sie uns im Tierheim auch geraten", meinte Pauls Vater. „Irgendwie kamen wir bisher nur nie dazu. Aber jetzt werden wir das ganz sicher nachholen!"

„Oh, das ist ja genial!", rief Paul, der seine Stimme wieder gefunden hatte. Er beugte sich vor, um dem Schäferhund über den Kopf zu streicheln. „Vielen Dank, Max!"

Einige Tage später, es war Samstag und Polizeihund Max hatte dienstfrei, machten Lisa und Leon mit ihm einen Spaziergang durch Ellandale.

Alles hatte ein gutes Ende gefunden. Paul und Bobby waren wieder zu Hause. Und Max war nun in ganz Ellandale als der Hund bekannt, der den vermissten Jungen gefunden hatte. Er war eine richtige Berühmtheit geworden.

„Zum Glück hat unser Max den Fall übernommen!“, meinte Leon und strich seinem Hund über das dichte Fell. „Ohne ihn hätte man Paul vielleicht noch ewig suchen müssen.“

Doch Lisa hörte ihm gar nicht zu. Stattdessen packte sie Leon am Arm. „Schau mal – ist das dort nicht Wachtmeister Thornton?“

Vor sich sahen sie eine Reihe Steinhäuser mit kleinen Vorgärten, in denen die verschiedensten Blumen blühten. Und in dem Vorgarten ganz am Ende der Reihe stand tatsächlich Wachtmeister Thornton. Er war offenbar damit beschäftigt, einige weiße Rosenbüsche zu beschneiden.

„Hier wohnt er also!“, flüsterte Leon.

„Oh, sehr schlau kombiniert, Sherlock Holmes!“, neckte Lisa ihn. „Komm, sagen wir ihm Guten Tag!“

„Wieso?“, wollte ihr Bruder wissen. „Er mag uns doch gar nicht.“

„Ja, aber da nun Max ein Held ist, muss er einfach nett zu uns sein!“, erwiderte Lisa mit einem Augenzwinkern. „Einen guten Tag, Wachtmeister Thornton!“

Der Polizist machte kein sonderlich erfreutes Gesicht, als er die beiden erkannte. Er nickte nur mürrisch und schnitt dann weiter seine Rosen.

„Ganz Ellandale redet von Max, Mr Thornton!“, rief Lisa über den Zaun. „Es wird sogar ein Artikel über ihn in der Zeitung erscheinen!“

Wachtmeister Thornton zwang sich zu einem Lächeln. „Ach wirklich?“, brachte er nur heraus. „Nun ja, er hat ganz gute Arbeit geleistet – dafür, dass es sein erster Einsatz hier war. Ich habe jetzt aber gar keine Zeit. Muss weitermachen.“ Damit drehte er sich um und ging ins Haus.

„Schade, aber er hat anscheinend nicht viel für Max übrig“, sagte Lisa, als sie sich wieder auf den Weg machten.

„Ach, lass Max noch ein paar andere Fälle lösen, dann wird auch der alte Griesgram seine Meinung ändern!“, meinte Leon.

„Blacky! Blacky! Komm, komm, komm!“

Leon und Lisa blieben stehen und sahen sich an.

„Das ist doch Wachtmeister Thornton!“, flüsterte Lisa. „Wen ruft er denn da?“

Vorsichtig gingen sie zurück bis zur Hecke des Nachbargartens und spähten hindurch. Wachtmeister Thornton war eben aus dem Haus gekommen und hielt in der Hand einen gut gefüllten Fressnapf. Er schien im Garten jemanden zu suchen.

„Blacky! Mittagessen!“, rief er.

Da sahen Leon und Lisa eine große schwarze Katze mit glänzendem Fell, die hinter einem Lavendelbusch hervorkam. Gähnend stolzierte sie über den Rasen zu ihrem Napf.

„Na, schmeckt es dir, mein kleiner, süßer Liebling?“, schmeichelte Wachtmeister Thornton, als die Katze zu fressen begann. Dann kniete er sich nieder, um sie liebevoll zu streicheln.

Leon und Lisa sahen einander an und mussten sich beherrschen, um nicht auf der Stelle loszukichern.

„Wer hätte das gedacht!“, flüsterte Lisa. „Unser ruppiger Wachtmeister Thornton hat in Wirklichkeit ein weiches Herz!“

Leon grinste. „Ich bin ja so froh, dass wir hierher gezogen sind“, sagte er. „Das Leben in Ellandale wird ganz sicher großartig werden, nicht wahr, Max?“

Da wedelte Max mit dem Schwanz und bellte zustimmend.

Lies mich!

RTB Leseprobe

John Reynolds Gardiner

Steinadler

Ein zehnjähriger Junge kann keine Farm bearbeiten. Aber einem zehnjährigen Jungen kann man das nicht sagen. Schon gar nicht einem Jungen wie Willy. Großvater baute Kartoffeln an, und das war genau, was Willy tun würde.
Es waren nur ein paar Wochen bis zur Ernte. Und Willy war sicher, dass Großvater gesund werden würde, wenn die Ernte gut ausfiel. Hatte Großvater sich dieses Jahr nicht besonders um die Ernte gesorgt?
Hatte er nicht darauf bestanden, dass jeder Quadratzentimeter Land bepflanzt wurde? War er nicht mitten in der Nacht aufgestanden, um nach der Bewässerung zu sehen?
„Muss unsere allerbeste werden, Willy", hatte er gesagt. Und er hatte es wieder und wieder gesagt. Ja, nach der Ernte würde alles in Ordnung sein. Davon war Willy überzeugt.
Doch Doc Smith war es nicht.

„Es geht ihm schlechter", sagte sie drei Wochen später. „Es ist am besten, das einzusehen, Willy. Dein Großvater wird sterben."
„Er wird gesund werden. Sie werden sehen. Warten Sie bis nach der Ernte."
Doc Smith schüttelte den Kopf. „Vielleicht solltest du Mrs. Peacock in der Stadt bitten, sich um ihn zu kümmern, so wie sie sich um andere kranke Menschen kümmert. Er wird in guten Händen sein, bis das Ende kommt."
Doc Smith stieg in den Wagen.
„Du kannst bei mir bleiben, bis wir uns etwas ausgedacht haben." Sie blickte auf Spürnase. „Ich bin sicher, dass es hier in der Gegend einen Farmer gibt, der einen guten Arbeitshund brauchen kann."
Spürnase knurrte so, dass Doc Smiths Pferd Rex den Wagen ein paar Meter nach vorn zog.
„Glaub mir, Willy, es ist besser so."
„Nein", schrie Willy. „Wir sind eine Familie, sehen Sie das nicht? Wir müssen zusammenhalten!" Spürnase bellte laut, sodass das Pferd sich aufbäumte und dann losrannte.

Doc Smith trat heftig auf die Bremse, aber das nützte nichts. Der Wagen raste die Straße hinab und verschwand in einer Staubwolke.
Willy und Spürnase sahen einander an, und dann fing Willy an zu lachen. Spürnase machte es ihm nach und bellte wieder.
Willy kniete sich hin, hielt Spürnase bei den Ohren und blickte ihr direkt in die Augen. Sie hatte die grünsten Augen, die ihr euch vorstellen könnt. „Ich werde dich niemals weggeben. Niemals. Das verspreche ich dir.“ Er legte der Hündin die Arme um den kräftigen Hals und drückte sie an sich. „Ich hab dich lieb, Spürnase.“
Und Spürnase verstand, denn sie hatte diese Worte schon viele Male gehört.
An diesem Abend machte Willy eine Entdeckung. Er saß am Fußende von Großvaters Bett und spielte Mundharmonika. Er war noch lange nicht so gut wie Großvater, und bei jeder falschen Note legte Spürnase den Kopf zurück und heulte.
Einmal, als Willy sich verspielte, schnappte

Spürnase die Harmonika mit dem Maul und rannte damit aus dem Raum.

„Möchtest du, dass ich weiterspiele?", fragte Willy Großvater, obwohl er sehr gut wusste, dass Großvater nicht antworten würde. Großvater hatte seit mehr als drei Wochen nicht gesprochen – nicht ein Wort.

Aber da geschah etwas, das fast wie Sprechen war. Großvater legte die Hand aufs Bett, mit der Handfläche nach oben.

Willy schaute die Hand lange an und fragte dann flüsternd: „Heißt das ‚ja'?"

Großvater schloss die Hand langsam und öffnete sie wieder.

Willy eilte an die Bettkante. Seine Augen leuchteten vor Aufregung. „Was ist das Zeichen für ‚nein'?"

Großvater drehte die Hand um und legte sie flach aufs Bett. Handfläche nach unten hieß ‚nein'. Handfläche nach oben hieß ‚ja'. Ehe die Nacht vergangen war, hatten sie mit ihrem Hand-und-Finger-System andere Zeichen vereinbart. Ein Finger hieß ‚Ich habe Hunger'.

Zwei Finger hießen ‚Wasser'. Aber meistens stellte Willy einfach Fragen, sodass Großvater mit ‚ja' oder ‚nein' antworten konnte.

Und Spürnase schien zu verstehen, was da vorging, denn jedes Mal, wenn Großvater ein Zeichen gab, leckte sie ihm die Hand.

Am nächsten Tag begann Willy, die Ernte vorzubereiten.

Es gab eine Menge zu tun. Der Vorratsraum unter der Erde – wo die Kartoffeln immer lagerten, bis sie verkauft wurden – musste sauber gemacht werden. Die Kartoffelsäcke mussten durchgesehen und notfalls ausgebessert werden. Der Pflug musste geschliffen werden.

Doch das Wichtigste war, ein Pferd auszuleihen, das den Pflug ziehen konnte, da Großvaters alte Stute im letzten Winter gestorben war. Es würde schwierig sein, ein Pferd zu finden, weil die meisten Farmer nicht daran interessiert waren, ihre Pferde zu überfordern – für welchen Preis auch immer.

Großvater hob sein Geld in einer Eisenkasse auf, unter den Dielen in einer Ecke seines

Schlafzimmers. Willy nahm die Kasse heraus und öffnete sie. Sie war leer! Bis auf ein paar Briefe, aber Willy machte sich nicht die Mühe, sie zu lesen.
Sie hatten kein Geld, ein Pferd zu leihen. Und damit auch kein Geld für irgendetwas anderes. Willy hatte keine Ahnung gehabt, dass die Kasse leer war.
Alles, was sie gebraucht hatten, seit Großvater krank geworden war, hatte Willy in Lesters Laden als Vorschuss auf die diesjährige Ernte bekommen.
Kein Wunder, dass Großvater so besorgt war. Kein Wunder, dass er krank geworden war.
Willy musste sich etwas ausdenken, und zwar schnell.
Es war jetzt Mitte September. Die Kartoffeln, die sie Anfang Juni gepflanzt hatten, brauchten neunzig bis hundertzwanzig Tage, bis sie ausgewachsen waren. Das hieß, dass sie bald geerntet werden mussten.
Außerdem, je länger er wartete, umso größer war die Gefahr, dass früher Frost die Ernte zer-

störte. Willy war sicher – wenn die Ernte vernichtet wurde, würde Großvater auch sterben.

Einer von Großvaters Freunden bot an zu helfen, aber Willy sagte nein. „Nimm keine Hilfe an, wenn du nicht dafür zahlen kannst“, hatte Großvater immer gesagt. „Besonders von Freunden.“

Und dann erinnerte sich Willy an etwas.

Sein Ausbildungsgeld! Er hatte genug, um ein Pferd zu leihen, für Hilfe zu zahlen, für alles.

Er erzählte Großvater von seinem Plan, aber Großvater gab das Zeichen ‚nein‘.

Willy flehte ihn an. Doch Großvater antwortete nur ‚nein, nein, nein‘! Die Lage erschien hoffnungslos.

Aber Willy war entschlossen. Er würde die Kartoffeln mit der Hand ausgraben, wenn er musste.

Und dann löste Spürnase das Problem.

Sie kam herüber und stand vor dem Pflug. Sie hielt das Geschirr im Maul, das sie im Winter trug, wenn sie den Schlitten zog.

Willy schüttelte den Kopf.

„Ein Feld aufzugraben ist etwas anderes, als über Schnee zu laufen“, sagte er.
Aber Spürnase stand einfach da und rührte sich nicht.
„Du hast nicht so viel Kraft, Mädchen.“ Willy versuchte, es ihr auszureden.
Aber Spürnase sah entschlossen aus.
Die Kartoffelpflanze wird etwa sechzig Zentimeter hoch, aber die Kartoffeln hängen nicht oben dran. Die Kartoffeln sind alle unter der Erde. Der Pflug gräbt die Pflanzen aus und wirft die Kartoffeln an die Oberfläche, wo sie aufgesammelt und in Säcke gefüllt werden.
Willy und Spürnase brauchten mehr als zehn Tage, um die ganze Ernte einzubringen. Aber sie schafften es! Entweder war der Boden weicher, als Willy gedacht hatte, oder Spürnase war stärker, denn es schien ihr tatsächlich Spaß zu machen.
Und die Ernte war gut – beinahe zweihundert Scheffel per Morgen. Und ein Scheffel wiegt etwa sechzig Pfund.
Willy sortierte die Kartoffeln, warf die schlech-

ten fort und füllte die übrigen in Säcke. Dann stellte er die Säcke in den Vorratsraum unter der Erde.
Mr. Leeks, ein großer Mann mit dünnem Gesicht, der ein Pferd ritt, das auch groß war und ein dünnes Gesicht hatte, kam zur Farm heraus und kaufte die Kartoffeln. Letztes Jahr hatte Großvater die Ernte an Mr. Leeks verkauft, und so machte es Willy dieses Jahr.
„Wir haben es tatsächlich geschafft, Großvater", sagte Willy, während ihm Glückstränen über die Wangen liefen. „Siehst du?" Willy hielt zwei Hände voll Geld hoch. „Du kannst aufhören, dir Sorgen zu machen. Du kannst jetzt gesund werden."
Großvater legte die Hand aufs Bett. Mit der Handfläche nach unten, ‚nein'.
Es war nicht die Ernte, die ihn beunruhigt hatte. Es war etwas anderes. Willy hatte sich die ganze Zeit geirrt.